Ce livre appartient à :

____

Color Test Page

Nous vous remercions.

♡

Nous espérons que vous avez apprécié notre livre. Vos commentaires nous aideront à créer de meilleurs livres. Veuillez nous faire part de votre expérience à l'adresse e-mail:

booksandjoy22@gmail.com

Lightning Source UK Ltd.
Milton Keynes UK
UKHW031844270721
387881UK00005B/374

9 788794 240093